Anne-sophie

MME TÊTUE
et la Licorne

MME **TÊTUE**
et la Licorne

Roger Hargreaves

hachette
JEUNESSE

Madame Têtue est, comme tu peux l'imaginer,
la personne la plus têtue au monde.

Elle est têtue comme une mule.

Elle est têtue comme un troupeau de mules.

Quand elle avait quelque chose en tête,
rien ne pouvait la faire changer d'avis.

Par exemple, la semaine dernière, elle avait décidé
de faire un pique-nique.

La météo avait annoncé de la pluie.

Ses amis lui avaient annoncé de la pluie.

Il pleuvait même quand elle partit pique-niquer.

Et il plut sur son pique-nique.

Mais elle était si têtue qu'elle n'avait
même pas pris de parapluie.

Le lendemain de ce pique-nique humide,
madame Bavarde lui téléphona, tout excitée :

« Vous n'allez jamais deviner à qui j'ai parlé ce matin,
dit-elle. Je me promenais dans la forêt, près de la rivière,
quand j'ai vu la chose la plus extraordinaire qui soit !
C'était tellement excitant ! Comment vous le raconter ?
Vous ne me croirez jamais, et pourtant, c'est bien vrai !
De mes propres yeux, incroyable : j'ai vu une Licorne ! »

Madame Bavarde pouvait être très longue à dire
ce qu'elle avait à dire.

« C'est absurde, grogna madame Têtue.
Les Licornes n'existent pas. »

« Mais… » commença madame Bavarde.

« Je ne vous crois pas », l'interrompit madame Têtue.
Et elle raccrocha.

Le lendemain, madame Têtue rencontra
monsieur Malchance, très agité, lui aussi.

« Vous ne devinerez jamais contre qui je me suis cogné,
ce matin ! Contre une Licorne ! » dit-il, fièrement.

« Absurde, répondit sèchement madame Têtue. Les Licornes n'existent pas ! »

« Mais… » commença monsieur Malchance.

« Mais, rien du tout. Je ne vous crois pas », dit madame Têtue. Et elle partit.

Elle passa devant le jardin de madame Bonheur.

« Si seulement vous aviez été là il y a une demi-heure, l'appela madame Bonheur. Il y avait une Licorne, ici, dans mon jardin, et je suis même montée sur son dos ! »

« Absurde ! s'exclama madame Têtue.
Les Licornes n'existent pas ! »

« Mais… » commença madame Bonheur.

« Il n'y a pas de "mais", trêve de balivernes ! »
l'interrompit madame Têtue.

Et cela continua ainsi.

Tout le monde semblait avoir vu une Licorne.

Monsieur Chatouille en avait chatouillé une.

Madame Dodue avait donné à manger à une Licorne.

Et monsieur Méli-Mélo déclara avoir vu un bicorne.

Il voulait dire une Licorne, bien sûr.

Et penses-tu que madame Têtue crut l'un d'entre eux ?

Non, bien sûr ! Pas un seul instant !

Elle continua son chemin et arriva dans son jardin.

Là, blanche comme la neige, tentant d'attraper
des pommes dans l'arbre de madame Têtue,
se tenait une Licorne.

« Bonjour, dit la Licorne. J'ai entendu dire
que vous ne croyiez pas aux Licornes ? »

« En effet, dit madame Têtue.
Les Licornes n'existent pas. »

« Que suis-je, dans ce cas ? » demanda la Licorne.

« Toi, dit madame Têtue, en s'avançant vers elle,
tu es un cheval ! »

À ces mots, elle se pendit de tout son poids à la corne
de la Licorne.

Mais, à sa grande surprise, la corne était une vraie !

« Et bien ? demanda la Licorne.
Qu'avez-vous à dire, maintenant ? »

Madame Têtue la toisa, en croisant les bras.

« Je ne crois pas aux Licornes ! » dit-elle.
Et elle tapa du pied.

On n'arrête pas d'être têtu comme cela !

RÉUNIS VITE LA COLLECTION ENTIÈRE

1 MME AUTORITAIRE	**2** MME TÊTE-EN-L'AIR	**3** MME RANGE-TOUT	**4** MME CATASTROPHE	**5** MME ACROBATE	**6** MME MAGIE	**7** MME PROPRETTE	**8** MME INDÉCISE
9 MME PETITE	**10** MME TOUT-VA-BIEN	**11** MME TINTAMARRE	**12** MME TIMIDE	**13** MME BOUTE-EN-TRAIN	**14** MME CANAILLE	**15** MME BEAUTÉ	**16** MME SAGE
17 MME DOUBLE	**18** MME JE-SAIS-TOUT	**19** MME CHANCE	**20** MME PRUDENTE	**21** MME BOULOT	**22** MME GÉNIALE	**23** MME OUI	**24** MME POURQUOI
25 MME COQUETTE	**26** MME CONTRAIRE	**27** MME TÊTUE	**28** MME EN RETARD	**29** MME BAVARDE	**30** MME FOLLETTE	**31** MME BONHEUR	**32** MME VEDETTE
33 MME VITE-FAIT	**34** MME CASSE-PIEDS	**35** MME DODUE	**36** MME RISETTE	**37** MME CHIPIE	**38** MME FARCEUSE	**39** MME MALCHANCE	**40** MME TERREUR	**41** MME PRINCESSE

DES **MONSIEUR MADAME**

 ...OUILLE

2 M. RAPIDE

3 M. FARCEUR

4 M. GLOUTON

5 M. RIGOLO

6 M. COSTAUD

7 M. GROGNON

8 M. CURIEUX

9 M. NIGAUD

10 M. RÊVE

11 ...ARREUR

12 M. INQUIET

13 M. NON

14 M. HEUREUX

15 M. INCROYABLE

16 M. À L'ENVERS

17 M. PARFAIT

18 M. MÉLI-MÉLO

19 M. BRUIT

20 M. SILENCE

21 ...AVARE

22 M. SALE

23 M. PRESSÉ

24 M. TATILLON

25 M. MAIGRE

26 M. MALIN

27 M. MALPOLI

28 M. ENDORMI

29 M. GRINCHEUX

30 M. PEUREUX

31 ...ONNANT

32 M. FARFELU

33 M. MALCHANCE

34 M. LENT

35 M. NEIGE

36 M. BIZARRE

37 M. MALADROIT

38 M. JOYEUX

39 M. ÉTOURDI

40 M. PETIT

41 ...BING

42 M. BAVARD

43 M. GRAND

44 M. COURAGEUX

45 M. ATCHOUM

46 M. GENTIL

47 M. MAL ÉLEVÉ

48 M. GÉNIAL

49 M. PERSONNE

Anne - Sophie

Édité par Hachette Livre - 43 quai de Grenelle 75905 Paris Cedex 15
Dépôt légal : août 2008
ISBN : 978-2-01-225205-9
Loi n° 49-456 sur les publications destinées à la jeunesse.
Imprimé et relié en France par I.M.E. à Baume-les-Dames.